같이 앉아도 될까요

시인의일요일시집 **031**

같이 앉아도 될까요

초판 1쇄 펴냄 2024년 9월 10일

지 은 이 김재근
펴 낸 이 김경희
펴 낸 곳 시인의일요일

표지·본문디자인 에머리532
경영지원 양정열

출판등록 제2021-000085호
주   소 경기도 용인시 기흥구 연원로42번길 2
전   화 031-890-2004
팩   스 031-890-2005
전자우편 sundaypoet@naver.com
블 로 그 https://blog.naver.com/sundaypoet

ISBN 979-11-92732-22-0 (03810)

값 12,000원

* 이 책은 서울특별시, 서울문화재단 〈2018년 창작집 발간 지원사업〉의 지원을
받아 발간되었습니다.

같이 앉아도 될까요

김재근 시집

세상은 찰나다
녹슨 기차에 매달려
스치며 바라보는

내가 본 게 진짜일까
내게 닿는 이 느낌
진짜일까
진짜라고 믿는다면
나는 진짜가 될까

울다 죽은 그림자를 빗속에서 오래 본다

| 차 례 |

1부

2부

3부

1부

장마의 방

여긴 고요해 널 볼 수 없다
메아리가 닿기에
여긴 너무 멀어 몸은 어두워진다
시간의 먼 끝에 두고 온
목소리
하나의 빗소리가 무거워지기 위해
몸은 얼마나 오랜 침묵을 배웅하는지
몸 바깥에서 몸 안을 들여다보는
자신의 눈동자
아직 마주친 적 없어
침묵은 떠나지 않는다
말없이 서로의 몸을 찾아
말없이 서로의 젖은 목을 매는 일
빙하에 스미는 숨소리 같아
잠 속을 떠도는 몽유 같아
몸은 빗소리를 모은다

서로

서로의 막다름이 되어두자
서로의 바퀴를 굴리며
친절한 얼굴이 등 뒤에 있다고 믿으며
오늘은 뒤로 가는 풍경이 되어두자

낮달을 보면
어제의 목이 말라
햇빛을 우회하는 그늘 속으로
눈먼 나비가 몸을 숨기듯
방금 떠오르는 동사자의 흰 눈알로 내륙에 눈보라가
내린다

*

어제는 살인을 하고
개명을 하고
오늘은 목욕탕을 나왔다
발자국이 말끔해 누구도 의심하지 않는 막다름

죽은 나비의 입에서 '살고 싶다' 고드름이 맺혔다
머리를 털면 얼굴이 떨어져 내렸다
누군가 불을 지르고
불 속으로 달려가는 거울 속 막다름
연기가 타올라 눈이 멀어질 때
눈 속 비경은 수포가 되어 몸에 돋아났다

무덤을 몸에 들이는 것이다
자신의 무덤을 미리 살아보려
한밤에 술래가 되어
죽은 자신이 이슥하도록
자신의 묘비를 찾아 떠돌았다

*

눈보라는 가벼워
녹는 줄도 모르고 내렸다
몸에 꼭 끼는 옷을 입고
옷에 꼭 끼는 잠을 자다

꿈이 비좁아
잠 밖으로 발을 내밀면
죽은 나비가 목덜미에 앉아 피를 빨았다

*

물기 맺힌 생가
생가에 매달린 처마
처마에 목을 맨 몇 겹의 거미
낮을 우회하는 밤으로
밤을 기억하는 짓무른 무릎으로
서로의 서툰 혀를 찾아
젖은 눈동자로
서로의 살냄새를 떠올려야지
여긴 비좁은
서로의 무덤 속이니까

물레와 노인과 아이

물레에 햇빛이 들고
노인과 아이가 앉는다

햇빛이 빚고 아이가 그린다
물레가 돌면 노인이 완성된다

눈이 없는 아이
아이는 노인의 눈을 빚는다

가마에 불이 들고
끓는 불을 따라 그을음은 하늘로 번져간다
절룩이며 하늘에 오르는 불
불이 아닐지 모른다
눈이 없는 아이
눈 속에 숨긴 비경일지 모른다

불을 보는 아이
노인은 처음 눈을 떠올린다

어떤 눈이 태어날까
아이도 노인도 궁금한데
의심할수록 불은 깊어진다

가마에 끓는 것은 아이가 아닐지 모른다
아이가 빚는 것은 노인이 아닐지 모른다

아이가 불을 받아먹고 노인을 낳는다

몽夢

누나는 작은 발을 내보였어 그 발에서 모래가 흘러내렸지
언제 모래밭을 걸었는지 얼마나 오래 걸었는지 모르지만 모
래알을 헤집는 하얀 발가락 사이 별 부스러기가 반짝였어

멀리 가지 마
돌아오기 힘들어
모래알 속에 별이 산다고
오래 찾지 마
찾는 것은 오지 않아

누나는 신발이 없었지 하얀 발이 누나의 전부인 듯

누나는 모래에 대해 이야기했어 내가 걸은 게 아니라 모래
가 날 데려갔다고, 누나의 눈동자에 깊고 넓은 모래밭이 펼
쳐져 있었어 걸을수록 발이 푹푹 빠지는 잠 속에서 잠인지
도 몰라

뜬 눈으로 잠드는

바람만 불어도 무너졌어
무너짐이 완성될까 봐
모래알이 달아날까 봐

누나는 모래알이 어제로 데려간다고 했어 누나가 말한 어제가 어제가 아니겠지만 어제를 되돌리려 얼마나 많은 모래알을 헤아려야 하는지 헤아릴수록 모래알은 늘어나는데

어제가 모래알 속에 번져 있어

누나가 믿는 모래알 속에서 얼마나 오래 길을 잃어야 하는지 모래알은 쌓을수록 몸은 점점 가라앉는데 하얀 발은 어제로 가는 거라고, 가야 하는 거라고,

그때

모래는 스스로 움직인다고

말하지 않았어
말해야 하는데

드라이플라워

죽은 향이
혼자 누운 방에 드리울 때
나는 잠 속에서도 자주 말라갔다

미처 빠져나오지 못한 그림자
영혼이 지상에 남긴
마지막 그을음이라 불러도 될까

피었다 스러지는 창가의 시간이
먼 생의 일이라면
벽 속에 고인 잠으로 오래 스며들기를 바랬다

영혼이 빠져나간
벽에 매달려
먼지가 되어가는
나는, 벽을 향한 순교였다

서울, 9호선

그에게서 여자 얼굴이 보였다

흰 뼈만 남은 가지 사이
바람은 불어오고
숲에는 적요가 흘러 그의 몸을 감쌌다

오늘의 이름과
내일의 얼굴과
그 틈을 비집고 기우는 숨결

이대로 밤이 검어진다면 어디쯤 몸은 식어갈까요

그림자가 물을 때
대답할 말이 떠오르지 않아
입술을 감추고
말할 데를 몰라 혀를 숨기고

기도를 했다

잠든 자의 목소리 들리십니까
계곡을 떠도는 바람 소리
구름은 하나둘 열어지는데
죽은 새는 어디에 둘까
꽃병에 꽂아 둘까

잠들기 전 읽은 문장
내일은 우물이 맑아 허공에서 신발이 우박과 함께 떨어지
고 주운 신발을 신고 잠든 채로 예배당을 가야 하는데

기도할수록 버림받은 얼굴이 된다
미리 버려진 거라면 버려진 장소쯤 기억해야 하는데
어떤 연주법으로 이 행성을 연주해야 할까
기도할수록 짧아지는 손가락을 가난이라 불러도 될까
어떤 운지법이 이 계절의 숨소리를 두드리는지
기차는 지하에서 지하로 이어 달리고
칸칸마다 악몽을 꾸는 창문들

문이 열려도 출구는 어렵다

미안해, 이제 그만 하자

왔던 길을 몇 번씩 되돌며
입술이 빨간 남자를 다시 보고 다시 지나고 다시 마주치는

지하역

출구를 찾으시나요?

물어볼 수 없었다, 그의 애인이 될까 봐

차가워진 물뱀의 발개진 살갗에 내리는 네온의 짓무른
불빛

흐느적거리는 태양의 긴 혀처럼,

문 닫은 카페처럼,
이대로 밤이 검어진다면
이대로 몸이 식어 간다면
기도할수록 흐려지는 목소리
죽은 나는 아무 말도 들려줄 수 없었다

야음동*

몸을 숨겨야 할까
해바라기밭에 앉아
밤이 얼굴을 적셔주기를 기다렸다

노란 구름 아래 노란 밤이 찾아왔다
해바라기 너머 해바라기만 보였다

미래는 다 잘될 거예요

이런 인사법은 금기일까

새들은 잠 속에서도 날고
잠이 끝나야 지상이 처음인 듯 닿겠지
무릎을 구부려 얼굴을 감추고
잠 속 너머 잠을 되돌아와 미래의 입장을 기다리는 계절
구름 너머 구름이 보이면 어제를 되물어야 할까

얼굴이 가려운 건 그림자가 떠난 겁니다

남은 게 아무것도 없군요
가려야 할 부분도 남지 않았습니다

해바라기밭에 앉아 엎질러진 그늘을 마주 본다

식은 밤은 언제 얼려야 할까

이제 내가 술래인가
무얼 찾아야 하는지도 잊은 채

어제의 술래가 되어
미래의 술래가 되어
모두의 술래가 되어

영원을 떠돌다 자신을 산란하고 만다

미래는 다 잘될 거예요
보장만 있다면 속아도 되는 근성

근성의 노예로

한 번은 괜찮아요
가진 게 멸망뿐이니까
내일과 미래를 구분할 수 있을 때까지
짐승이 될 때까지
믿을 건 미래뿐이니까

구름 너머 들리는 종소리
미래가 도착하고
야음이 없는 말을 시작한다
이생은 누가 숨어도 찾을 수 없다

* 울산광역시 남구에 있는 동

헤라(HERA)

누구나 고아가 되는 멕시코만灣 구름 아래 드는 흰 바람,
파도에 휩쓸리는 테킬라와 시끄러운 취기, 자신의 이름은
잊는다

처음부터 물고기였는지 모른다

숨 쉴 수 없는
여기니까

구름은 떠오른다
혼자니까

파도에 떠밀려 온 그림자가 벗어둔 붉은 아가미

바라본다

해변에 펄럭이는 파도 소리
귀를 잃은 태생의 무늬

오늘은 어떤 얼굴을 가질까
오늘은 어떤 표정을 가져야 할까

왔던 길을 다시 오르는 뱀장어처럼 취한 강을 거슬러
누가 길을 잃은 지도 모른 채 신발을 잊듯

그림자를 잃고
저녁을 태우는 석양

누구도 두 번 울 수는 없겠지
한 번은 어쩔 수 없지만

해변을 걷는 물새가 남긴 발자국
목이 말라 선인장은 멈추는데
누구도 물속 아가미가 자신을 찌르는 가시인 줄 몰라
뜬 눈으로 잠드는 물고기

물속에 녹을 수 있을까

입김으로 구름이 미끄러진다

물속을 떠도는 영혼 같은

지느러미

비가 온다

울다가 죽은 그림자 빗속에서 오래 본다

차가운 소묘

난간에 서 있었다

햇빛이 잘 보였다

 병실을 쓸고 가는 겨울바람 때문인지 속눈썹은 차갑게
가라앉았다

 알약에 닿은 계절의 멀미
 어느 시간을 살았는지 몰라 머리는 갸웃했지만
 눈이 부셔 겨울임을 알게 되듯
 혈관에 내리는 링거액처럼
 햇빛은 실금을 그으며 차가운 얼굴을 꺼냈다

빛에 닿을수록 번지는

냉기

얼굴을 깨고 나온 얼굴

포개지지 않는 잠 속 같은

포옹

미동도 없이

겨울은 왜 마른 빛 냄새만 남기는 걸까
병색이 질을수록 난간은 발끝에 가까운데

눈을 뜬 건 오늘인데 알약은 어제를 녹인다
거꾸로 걷는 발소리가 두려워
바람은 방향을 잃고

난간에 선다
죽은 눈이 다가와 산 눈을 감겨주었다

여섯 번째 화병

정오는 그림자가 낮고
꽃은 목이 마르다

아버지는 날이 밝아도 깨지 않고
붉은 개미가 컨테이너를 타고 항구에 도착한다

엄마는 비정규직이기에 가끔 집에 온다

노랗게 익어가는 위태로운 모과
흔들어도 떨어지지 않는 구름

이유 없이
밤이 오고
인공위성이 추락하고

꽃이 시든다

물을 갈까

얼굴을 갈까

화병에 죽은 그림자를 꽂는다

여름의 발

풀벌레 잠속에서 여름은 시작되었다

바람을 놓친 풍향계의 느낌으로

떠오르는 잎사귀

계절은 느려진다
몸속에 흐르는 고요
고요가 다다를 때쯤
여름은 시간 너머로 몸을 데려갔다

고요를 입는 시간
고요를 점멸하는 시간

시간 너머를 걷기 위해 몸은 벗는다

고사목 사이 벗어놓은
숲을 떠도는 죽은 새들의 발들

여름이 짙어지면 누구도 숲을 빠져나올 수 없겠지

귓속이 뜨거워
한낮을 알게 되듯
미로 속으로 미아가 찾아들 듯
몸은 잊기로 한다

밤이 오래 머물면
그림자는 몰래 몸을 건너와 자신의 식은 발을 보여 주었다

낮이 밤을 부르는 착각
한낮의 태양이 그림자를 용서하듯
영원히 치유될 수 없는 환청처럼
죽은 새는 저녁을 날고
풀벌레의 잠속으로 여름은 발자국을 옮겨 놓았다

백야

침대가 잠들지 않아
바람은 멀리서 불고
얼굴을 내밀면 밤은 느려진다

태양이 남긴 숨소리
화병에 꽂혀 점점 멀어지는데

누구의 밤인지
누구의 낮인지도 몰라
누구도 머물 수 없는

여기까지

가라앉아야 한다면

누군가의 맥박 소리를 듣다
조금씩 잠들어도 괜찮은데
천천히 다른 행성이어도 괜찮은데

밤이 너무 환해
아무도 태어날 수 없군요

보드카를 마시며
우리가 우리를 잊을 때까지
밤의 기타 소리 들리지 않는 먼 곳으로 취기는 태양 너머
로 데려간다

밤의 이면에 떠오르는 미열처럼
시간의 먼 끝에 두고 온 그림자
여러 번 두근대는 밤의 발자국 같아
자신의 그림자를 지우는 한낮의 정면 같아

누구도 들을 수 없다
누구도 잠들 수 없다

한낮이 남긴 태양의 기침 소리

병든 당신의 침대
아무도 닿을 수 없다

겨울 벽화

1
겨울에 피는 꽃만 생각했어
창문에 겨울 입김이 남아 있으니
오늘은 행성이 나란하고
달려도 달려도
내일은 만나지 못할 거야

손바닥에 동그라미 그려주면 눈보라 내린다

밤은 해변에서 오고
해변에 날리는 눈보라를 보며 식물도감을 외웠지

흩날리는 밤의 흰 머리카락
뜨거운 철로 위 석탄을 실은 열차에 매달려
귀가 새하얗도록 파도 소리 들었지

2
몸에 새겨진 기억이 묽어진다
바람 소리만 들리는 여기는 누구의 행성인지
밤을 잘못 연 걸까
누구의 목소리 대신해야 하는 걸까

파도 소리 깨지 않도록
잠든 물결이 너의 표정이 되어야 하는데
우리는 이미 잘못 친 점괘인지도 몰라
불을 피우면 멀리 달아나는 눈보라

발을 잃어
발이 녹아
발을 찾아
우는 눈보라
어둠에 몸을 지우는 눈보라

어떤 그림자를 물속에 새겨놓을까

여긴 누군가 버려둔 행성인데
죽은 물고기의 단단한 울음 속인데
어느 겨울로 헤엄쳐 가야 할까
발자국이 얼어붙어
아슬한 여기는

심야 동물원

동물원으로 가주세요 장마는 시작되었고 택시는 자정을 건너 종로를 돌아 한강으로 달렸다 강변 연인들은 빗속에서 서로의 혀를 적셨고 신호등 눈자위는 붉었다 조금만 가면 되는데 더 가면 되는데 동물원은 보이지 않았다 택시는 물 속으로 가라앉았다

물속에서도 요금은 내릴 줄 몰랐다 숨이 차올라 횡단보도에 멈췄을 때 물방울이 아름다웠다 여기서 얼룩말이 죽었지 그때 난 무얼 하고 있었을까 오르막이 시작되었다 동물원 냄새가 났다

우회전해서 세워주세요 주머니에서 죽은 새가 울었다 잔돈은 가지세요

잿빛 물속에서는 누구의 목소리도 메아리를 가지지 못한다

대문은 닫혀 있고 쪽문은 열려 있었다 쪽문을 열자 검은 밤이 보였다 고요한 방들의 시간, 누가 몰래 다녀갔는지 알

수 없지만 알아도 소용없지만

　방마다 수인번호가 새겨져 있었다 벨을 누르면 사슴이 달려올 거 같았다 왜 사슴이 생각날까 횡단보도를 건너다 죽은 빗속 얼룩말의 마지막 냄새가 떠올랐다 사슴은 어디 갔을까

　입안에서 사슴이 걸어 나왔다 다른 짐승은 생각나지 않았다 자신의 발자국을 헤아리며 검은 밤을 헤매는 사슴, 사슴을 찾는 목소리가 두 발을 끌며 방 안을 맴돌았다

　메아리를 가지지 못한 목소리는 영원히 하늘로 오르지 못한다

　그날 이후 냄새를 잃었다 가로수는 산발한 채 계절을 쓸어 갔고 나는 사슴을 생각하며 잠이 들었다 검은 밤이 영원히 열리고 있다

holiday

고요해지려면 어두워져야 할까

어둠 속에서
그림자를 잃지 않게 목소리를 숨긴다

빈방을 걷는 자가 자신의 그림자라는 거

잊는다

은퇴한 여가수가 바다를 본다
색소폰이 파도를 물고 있다
몸 바깥에 두고 온 눈동자가 목소리가 된다

어두워지는 바다
바람이 머리카락을 쓸고 간다
오늘은 바람이 흘린 음색이 들려
귓속이 따뜻하다
그것이 비명인지 몰랐지만

다정히 여가수의 손을 잡고 바다를 걷는다

눈먼 여가수가 보는 바다
빗소리 검어지는데
목소리는 태몽에서 깨어나지 않으려 한다
물새가 날아가는 잠 속
잠 속에서도 새는 날고 나는 새는 잠들지 않겠지

바다는 언제 문 닫을까
너무 늦게 남아 오지 않을 사람과
너무 빨리 도착해 되돌아가는 사람
동시에 기다릴 수 없어
새들은 9시를 날고 그림자는 3시에 걸린다

대기자

밤 기차는 어둡고 어두울수록 혼자지
풍경은 빠르고 차창에 얼굴만 남겠지

먼 밤을 두드린다

아무도 몰래
아무도 들리지 않게
아무도 오지 않게

밤을 건너는 눈 속 레일 소리
여기는 누구도 내리지 않아
누구도 탈 수 없지

해변에는 바람 불고 모래알 흩날리는데
얼굴을 떠나는 표정들
밤의 울음들

해변은 어디까지 검어질까요

언제 내려야 할까요
여기가 천국의 계단이라면
검은 몸을 벗어둘 텐데
물결 위에 누워
실핏줄에 흐르는 물결 소리 들을 텐데

무릎에 올려놓은 손가락

얌전해진다

식은 거니,
죽은 거니,
이제 검은 밤이.
파도 너머로 데려갈 텐데

아흐레 밤에 듣는 화음

사제의 목소리는 아름다웠다
미사포를 쓴 채 빗소리를 듣는 사람들
누구도 울지 않았고 누구도 무뎌지지 않았다

성호를 그으며 쏟아지는 빗소리
가시 면류관을 쓴 채 사제는 벽화 속을 걸었다

발자국이 너무 느려
제자리인 듯 바람은 불었고
바람을 볼 수 없어
누구도 자신이 벽화라는 걸 알지 못했다

입술에 고이는 숨소리
누구를 떠올린 건지
젖은 눈 속으로 흰 나비가 오래 날았고
몇 겹의 이명이 귓속을 두드렸다

믿음이 부족한 걸까

얼마나 더 오래 걸어야 할까
걸을수록 멀어지는데
눈동자에만 왜 비가 내릴까

아흐레 밤에는 빗소리가 떠다녔다

높고 깊게

느리게

파이프 오르간이 울고

벽화 속

산 채로 죽은 자 곁에 머무는

빗소리

사제의 죽은 눈

흰 고요

목이 가늘어졌다
누구도 자신의 울음을 들을 수 없어
누구도 자신이 울음이 되어 가는지 몰라

죽어서도 듣는 화음

빗소리

번개가 밤을 밝히자
산자의 얼굴이 죽은 자보다 어두웠다

2부 |

입김의 방

바람이 말라가

마른 바람이 쓸고 가면 빈 얼굴만 남지

얼굴에 적막이 걸리지

맥박은 흐려지지

창문에 머무는 흰 고요

입술을 떠난 입김이 체온을 그리워하듯

죽은 새가 떠도는 북극

마지막 하늘

고요가 오래 머물면 얼굴은 멀어지지

입김이 되어 흘러나오지

고요가 영혼을 데려가지

무늬를 위한 시간

잠이 가물가물할 때
누군가 날 보고 있다는 느낌
그럴 때 살며시 눈을 뜨면 천정의 무늬는 가만히 내려와
내 곁에 눕는다

눈과 눈 사이에도
말할 수 없는 적막이 있어
한 눈이 다른 눈 속으로
자신의 무늬를 찾아 헤매는 밤
어떤 무늬는 내 방을 몰래 다녀간 사람이 흘린 그림자 같
기도 하고
혼자 있을 때 손톱이 까매지도록 만지는 그늘 같기도 하다

나는 젖은 아가미를 두고 온 물속 물고기였는지
입을 벌리면 입속에 고인 무늬는 물비늘 털며 창문을 열
고 날아가 버린다 어쩌면 나도,

누군가의 무늬를 그리워하며 영원히 우주를 떠도는 건지

이 방을 서성이는 무늬의 행로는 불을 켜면 놀라 달아났
다가

  어느 날 불쑥 돌아와 가만히 내 눈에 젖은 먼지 하나를 눕
히는 것이다

점자를 읽는 저녁

저녁이 내려옵니다
바람이 차갑습니다
밤하늘에 레몬을 띄우고 포도주를 끓입니다
혈관을 타고 달빛이 빨갛게 흐릅니다

월광 소나타를 듣는 저녁입니다
귀뚜라미가 음반에 올라 날개를 부빕니다
저녁이 몸을 기대어 옵니다
오래 묵은 동화책을 꺼내 읽습니다
황금 밀밭과 가시 네 개를 가진
빨간 장미의 이야기로 식탁을 차립니다

보아뱀이 접시에 담깁니다
보아뱀이 코끼리를 삼킵니다
배가 볼록합니다
이 장면은 본 적 있습니다
어릴 적 엄마도 배가 불렀습니다
엄마도 코끼리를 삼킨 게 분명합니다

다음 문장이 지워졌네요
오래된 문장은 노을 지는 하늘 같아
손끝에 닿으면 붉게 살아납니다

보아뱀이 잠든 사이
입을 열고 모자 쓴 코끼리가 걸어 나옵니다
코끼리에게는 다행이지만
보아뱀은 다시 배가 고플 겁니다

달빛이 저녁을 데웁니다
사막여우가 사각 창문을 두드립니다
창문은 대답하지 않습니다
창문은 들을 수 없어
저녁은 컴컴해집니다
저녁은 몇 개의 점자를 숨겼을까요

마지막 문장이 사라졌습니다
황금빛이 발목을 스칩니다

저녁이 아파옵니다
왜 이럴까요
마지막은 늘 어렵습니다

바오바브나무가 달빛에 흔들립니다
바람이 달빛 숨소리 듣습니다
몸 안에 고인 천국과 지옥으로 장미는 충혈됩니다
볼 수 없어도 읽을 수 있습니다
읽을 수 있어 볼 수 있습니다
창문에 새겨진 달빛이 저녁의 입김을 읽습니다

같이 앉아도 될까요

너는 아프다
아픈 너를 보며
같이 우울해야 할까
혼자 즐거워도 될까

처음 걷는 사막처럼
처음 듣는 빗소리처럼
어디서부터 불행인지 몰라
어디서 멈추어야 할지 몰랐다

너를 위한 식탁
창문은 비를 그렸고
빗소리가 징검다리를 건널 때까지
접시에 담길 때까지
그늘이 맑아질 때까지
고요가 주인인 걸 누구도 알아차리지 못했다

그런 너를 위한 식탁

촛불은 타오르고
촛불 위를 서성대는 그림자
너를 밝히는 시간
너를 기다리는 시간
시간을 함께 나누려면 얼마나 더 멀어져야 할까

너를 처음 읽는 것 같아
헤아릴수록 빗소리 늘어나는데

너는 오늘의 불안인가
식탁은 불멸인가
수프는 저을수록 흐려지고
빗소리에 눈동자가 잠길 때
아무도 초대하지 않았다는 걸 알았다

너를 위한 식탁
너를 본 적 없어
너라고 부를 수 없다

우리를 증명하는 우리의 봉인된 불행
미래에서 미래로 다시 오늘의 불안으로

너를 지울 수 없어
너를 잊을 수 없다
너를 인정해야 할까

불행이 너라면
우리가 불행이라면
같이 앉아도 될까요
여기밖에 없어서요

겨울 발레리나

뛰어다니지 마, 놀란 마룻바닥, 차가운 얼음 조각, 흩날리는 설탕 가루, 리듬에 맞춰……

다리는 잘 저어야지
신발은 들어야지
치마는 내려야지
착하게… 착하게…

무대는 나타난다
어깨에서 가슴으로 가슴에서 허리로 목소리는 달콤하게
목젖을 흔들며 나도 모르게 모르게… 미끄러지는……,

나는 겁 많은 발레리나입니다

한번은 괜찮아요
두 번은… 두 번씩이나 넘어지다……,

손을 비벼 운다
잘못을 비비면 정말 잘못한 것 같아
점점 잘못이 된다

대칭적으로 우아한 밤이에요
유익하게 설명해 줄 변명은 있을까요

무슨 말인지 어려워요

당신은

식탁에서 원형 침대에서 네모난 공중에서

그리고

춤추는
춤춰야 하는
우리가 등장한 무대

고개를 숙이고 냅킨을 두르고 피 흘리는 고기를 썰며
손은 깨끗이 입술로 잘못을 빌며

실내악은 실내에서 연주된다

타오르는 벽난로 위에서
무릎을 세우고
지구를 따라 회전하는
밤의 발레리나

어디서 볼 수 있나요

한번쯤
미리 보는 무대는

색색의 유리에 스며드는 불안으로

멀리서 더 멀리서 계단이 더 멀리서 공중그네가

태엽에 감겨

겨울 숲을 깨운다

다리가 녹을 때까지
표정이 멈출 때까지
춤추는

설탕 가루 녹여야 하는데

한 번쯤
미리

목을 돌려놓으면
다시 처음이지만
다시 시작이지만
내가 준비한 무대는 여기까지

월요일

잠을 잘 수 없습니다 시끄러워서가 아닙니다 차라리 시끄러우면 잠들 수도 있겠습니다 여행자들이 다음 행선지를 위해 기차를 기다립니다 그들의 배낭은 무겁고 수염은 제멋대로 검습니다 오랜 여행이란 걸 짐작할 수 있습니다

이상합니다 대합실이 이렇게 조용하다니요 티비도 소리가 없습니다 아나운서는 입만 벙긋거립니다 리모콘을 최고 올려도 들리지 않습니다 사람은 물고기가 아니지만 물고기처럼 아가미를 벌렸다 오므리면 분명 소리가 나는데도

귀가 이상한 건가요 그럴 귀가 아니지만요 귀는 참 이상하게 생겼습니다 구불구불하고 축축한 길이 소라 껍질처럼 이어져 있습니다 그 길을 따라가면 지옥 같은 검은 구멍이 입을 벌리고 있습니다 그 안으로 혀를 넣은 적이 있는데 결국 혀를 자르고서야 꺼낼 수 있었습니다

혀를 구출하려 했지만 포기했습니다 남은 혀가 없다는 걸 그때 알았습니다 그렇다고 혀를 빌릴 수는 없지 않습니까

빌리더라도 또 그 검고 축축한 구멍에 푹 빠져 헤어 나오지 못한다면……

끔찍합니다 왜 이렇게 예쁜 얼굴에 징그럽고 위험한 게 달려 있을까요 아무리 흔들어도 귀는 떨어지지 않습니다 귀신이 사는 걸까요 지금도 잘린 혀가 그녀의 귓속을 기어오르다 미끄러지는 게 보입니다

여행자들이 배낭을 메고 일어섭니다 그들은 말이 없습니다 그들도 분명 귓속에 혀를 집어넣은 게 분명합니다 혀를 잃은 사람은 어둡습니다 그들은 잠들지 않습니다

잠이 들지 않습니다 잠이 들 수가 없습니다 잠을 찾으러 갑니다 잠은 어디에서 무얼하고 있을까요 귀를 자르면 잠은 찾아올까요 눈꺼풀을 오르다 미끄러지는 잠이 잘린 혀처럼 달그락거리는데

"얘야, 학교 가야지" 잠들지도 않았는데, 처음 보는 엄마인데 잠을 깨웁니다 세상은 알 수 없는 천지입니다

상상

눈을 잃고 그림을 그리듯
목을 잃고 비명을 그리워한다

레몬 조각처럼
달이 얇게 떠오를 때
물수제비 뜨며
고양이가 한강을 건널 때

왜 몸에선 신맛이 날까
그림자를 마저 벗어야 하나

유리컵을 세우고 햇빛을 본다
유리컵을 기울여 날짜를 세어본다

아무리 더워도 손이 차갑듯

배는 부푼다

지워야 하나
보내야 하나

상상할 수 없다면 존재하지 않겠지만

바람처럼
리듬처럼
여름밤이 꽁꽁 얼 듯
머리와 발이 잘못 만나
나도 모르게
흘리는 양수 같은
그런 게
배 속에서 자랄 것만 같은

흉상의 원주율

흉상을 따라
아이들이 원을 그리며 논다
아이들이 보는 흉상
흉상이 보는 아이들
원이 익숙해지면 아이들은 지워지는데
어떤 관성이 부른 걸까
아이들은 알까

귓속이 말라간다
들을 수 없을 때까지
더 들어야 할까
더 자라야 할까
새하얀 덧니처럼 숨겨도 숨길 수 없는데
눈을 떠야만 밤일까
점점 들리지 않아
점점 들을 수 없어
흉상이 되어가는 아이들

흉상을 맴도는 목소리
반복되는 시간
습관이 되어가는 시간
흉상의 귀는 깊어진다
흉상이 듣는 목소리
돌아올 수 없을 만큼 멀어진다

유라시아

체리, 봄밤을 생각해요
흐린 저녁이 오고 물안개 피어나요
안개꽃 한 타래 눈동자에 흩어질 때
체리, 입술에 숨겨둔 색이
창가에 피어나요 초원은 푸르고
나비처럼 눈동자는 자라나
봄밤은 숨이 차요
체리, 입술은 벌어지고
봄밤은 왜 달콤할까요
호수 위로 걸어온 나무들이
젖은 몸을 누이고
수면은 스르륵 나무들을 껴안아요
체리, 몰디브의 바다색 기억하나요
수상에 지은 물의 궁전
아기들의 찬송과 저녁기도 소리 들리나요
조그만 손등으로 호수에 눈을 씻고
아침을 맞이해요
자라나는 채소와 부신 햇살

빙하가 침식되어 흐르는 영혼처럼
안다는 게 무슨 의미일까요
무얼 할 수 있나요
양모에 평화를 누일 시간
체리, 봄밤을 마셔요

캔버스

이불을 덮어줄게
오래오래 잠들어
내일도 모레도 오지 않을 테니

감은 눈이 평평하다
원근이 사라지고
근시가 지나가고
판자처럼 납작해지는 꿈

그만 눈을 떠야 하는데
도화지에 번지는 물감처럼

눈알이 젖는다

어떤 그늘이 빛을 부를까
빛이 떠오르지 않아
떠오를 빛이 없어
내일도 모레도 평평해지겠지만

바람이 다녀가는 잠 속
갓 구운 토스트처럼 잠은 뜨거워진다

내일은 후회를 가질 수 있을까

빛도 그늘도 없이
잠은 식어가는데
한 겹씩 쌓이는 속눈썹으로
당신은 흔한 표정이 되겠지만
여긴 납작해
여긴 평평해
누구도 빠져나올 수 없다

멜로드라마

둘이서 이야기하자
아무리 말해도 새지 않는
입술을 맞대고
밤 그늘에 울음을 숨긴 길고양이 같은

소곤소곤
들어도 들리지 않게
들려도 상관없게
비밀이어도 괜찮겠지
손톱에 꽃물 번지듯
엷은 안개비에 자주 귀가 젖듯

누가 울어도 어울리는
누가 들어도 글썽이는
다음이 궁금해
다음으로 귀는 옮겨가는데
입술은 바빠지는데
이제 시작이어도 이야기는 끝을 몰라

괜찮아요
괜찮다면

늦가을 창가에 떨어지는
잎사귀 같은
첫사랑이 벗어둔 구두 같은

이야기는 언제 다 할까요
누구의 귓불에서 떨어진 귀고리인지 몰라
이야기는 물결 위에서 찰랑이는데
입술은 면사포처럼 하늘거리는데

괜찮아요
괜찮겠지

외국어처럼 어려워도
소곤소곤 봄밤이 느려진다면

가물가물 멀어져도
점점 잠이 들어도

계곡을 걷는 눈사람

문을 두드린다

다리를 다오
다리를 다오

바람에 걸린 비명처럼
귀를 데우는 건 소름일까
젖은 몸은 어디서 말려야 할까

계곡을 걷는 눈사람
비명소리 점점 뭉치는데
닿을수록 차가운
달릴수록 멀어지는

다리를 다오
다리를 다오

그리워하면 그 사람을 닮는 걸까

허공에 날리는 차가운 입김, 만질 수 없다
유리창에 그려진 목소리, 지울 수 없다
몸을 깁는 시간
몸을 나눠 대답하지 않는다

누가 눈사람을 만든 걸까
누가 우리를 눈사람이라 부르는 걸까

밀랍 된 눈동자에 눈이 데여
잠은 차가운데
피가 그리워 눈사람 서성이는데

다리를 다오
다리를 다오

묻지 않아도 내리는 눈보라
없는 발을 끌며
환한 눈을 허공에 뿌리며

없는 귀를 쫑긋 세우며
밤의 한가운데를 표류하는

반半

출발은 아무도 모를 거야 출발을 불러줄래
너의 입술로
출발하는 입 모양만으로 믿을 수 있는데
너는 입이 없군 칼로 조금 그어줄게

애야, 그렇다고 다 믿지는 말아라
오는 사람은 오지 않는 거란다
영원히 잠든 사람만이 오고 있단다
천천히 눈을 비우며 눈 속에 든 꿈을 들고 오고 있단다

그러니 오늘은 처음으로 살겠네
반을 듣기 위해
반을 흘리는 귀처럼
내일은 대답을 들어야지
오전과 오후의 같은 목소리로
낮을 감춘 밤의 얼굴로
두 개의 혀를 가진 입술로

같은 출발을 위해
늦은 도착을 위해

잠든 꽃에게 물을 준다
건기를 지나 우기를 건너 매일 우는 꿈만 꾸게

눈동자에 바람이 자라는 건 눈먼 새가 되고 있다는 거야
머지않아 너의 눈동자에 울음이 만져질 거야

도착한 모든 곳이
창가라면 입김처럼 따뜻하게 남아도 되는 걸까
이마에 찍힌 발자국을 당신의 친절이라 생각해야 할까
우리가 혈맹이라면 함께 출발이라면
반은 여기, 반은 무덤으로

인형의 집

손가락은 가늘고 하얗다
작고 예쁜 손가락으로 무얼 만들까

바람을 두드릴까
언덕에는 다섯 풍차가 돌고
언덕에는 손가락은 없지만
얼굴을 망치질하면 인형은 완성된다

눈이 빨강
눈이 파랑
서로 다른 눈알로

다리가 긴 인형
너무 긴 다리

태양이 떠올랐으니
인형의 집을 만들어야지
하얀 드레스와 레이스 달린 치마와

보랏빛 리본으로 창문을 달고
우물에 두레박을 내려야지

여기 주인은 누구인가
목소리 잃은 인형일 테지만
잠든 눈을 깜박이면 인형은 눈을 뜬다

여기로 오세요
인형의 나라로
떠내려오는 하얀 꿈들

당신이 아직 미아라면
여기도 꿈속이지만
꿈속에도 바람이 불지만
아직 인형일 테지만
하얀 비가 손가락처럼 언덕에 쏟아진다면

경포대

해변에 부는 바람을 너의 음성이라 믿는다

파도의 먼 입술까지 밀려왔다 밀려가는

목소리

하늘에 오르지 못한
태아의 수만 번 손짓으로
낮달은 떠오르는데

어떤 짐승이 잠든 얼굴을 다녀간 걸까
어떤 울음이 소리 없이 해변을 적시는 걸까

한낮을 더 머물 수 없어
바다에서 더 먼 바다로 물결은 머뭇대는데

발자국을 잃어버릴까 봐
울음이 지워질까 봐

낮달은 처음의 자세로 정오에 멈춘다

낮달만큼 빈 마음

있을까

물속에 가라앉아
씻어도 씻어도 희미한
실반지 같은
잘못 눈뜬 거울 같은

아제아제 바라아제

누나의 얼굴을 본 적 없다
누가 나의 누나지

엄마는 나보다 누나를 먼저 낳았다고 했는데 제대로 낳은
걸까 제대로 낳았다면 만날 수 있을 텐데

옆집에 누나가 살고 누나는 잠만 자는 사람, 친구를 찾아
가면 친구는 없고 방문은 약간 열린 채 누나가 자고 있지 누
나 곁에 자면 언제나 기분이 좋았지

잠이 깬 누나는 귀신이라도 본 듯 놀라는 척했고 나도 같
이 놀라는 척해야만 했지 누나의 연기력은 날이 갈수록 늘
어 이제 나만 보면 기절했지만 여전히 문은 열려 있지

더 이상 누나 집에 가지 않았지 누나는 연기가 싫증 났는
지 가출했거든 서울로,

여기까지는 참 식상하다

밤마다 누나와 듣던 음악이 어둠을 한 장씩 넘깁니다 누나를 떠올리는 처음의 음표가 입술에 닿으면 함께 노래해도 될까요 누나와 머무르는 푸른 밤과 누나를 기다리는 나의 밤이 겹칠수록 한낮은 위태롭고 위험해요 밤공기를 따라 한낮의 날벌레들이 젖은 날개를 네온에 말리며 죽어갑니다 날개 타는 연기는 밤그늘이 되어 타올라요 누나 밤이 푸르다고 물속이라 생각하지 말아요 처음 밤을 떠올리듯 놀라는 척 나의 밤으로 건너오세요

병에 걸린 철새가 돌아오듯 누나는 돌아왔고 누나는 잠만 자는 사람, 누나에게 나는 숟가락으로 죽을 떠먹였지 새 알이 떠올랐다 사라지고 누나의 병은 숟가락이 잘 알 것 같았지 창가에는 병든 새가 남긴 발자국이 말라가고 빗소리를 듣다 누나는 자주 잠이 들고 가끔 눈을 뜨면 놀라며 아직 내가 보인다는데 이미 나는 죽은 지 오래인데

오늘 누나는 나의 누나가 아닌데 언제 누나가 나의 누나

일까 누나는 찾을수록 보이지 않고 누나는 눈만 감으면 자꾸 태어나고 누나가 속눈썹에 쌓여 밤은 무거워지는데 누나의 피는 빨간 장미를 닮아 붉은데 내 피는 언제 붉어질까 아제아제바라아제바라승아제모지사바하*

*「반야바라밀다심경」의 마지막 주문 구절

3부

네버랜드

조금만 더 가면 아침이야
조금은 어쩌면 아주 오래겠지만

병실에 벚꽃이 휘날려
간호사가 영영 찾을 수 없게
벚꽃을 뒤집어썼지

병색이 물처럼 차오르면
아홉 바다와 다섯 개의 달과 여섯 밤이 열리고
뫼비우스의 혀를 타고 넘나드는 일곱 태양이 떠오르지

해적의 바위에는
하루 종일 노래하는 인어가 있고
매일 해가 뜨는 아침과
매일 나는 새도 있지만
잠든 새는 영원히 태양을 볼 수 없지

실종은 어떤 아침일까

아홉 줄 하프가 연주하는 일곱 바다
실잠자리를 타고 구불구불한 바다를 건너면
모두가 요정인데
미아들은 바다의 언어로 노래하는데
유모차는 처음부터 버려진 걸까
왜 처음에는 어려울까

열한 개의 달이 뜨고
여섯 밤이 지나
조금만 더 가면 아침인데
해가 뜨지 않아 영원히 자라지 않는

이마에 뜬 병색 짙은 메아리

네버
네버
네버
랜딩⋯⋯

저녁의 부력

1
물속 저녁이 어두워지면
거미는 지상으로 내려와
자신의 고독을 찾아 그물을 내린다
미로 속, 미아가 되어
지구의 차가운 물 속으로 눈동자를 풀어놓는 것이다

몸이라는 악기
출렁이는 몸속, 물의 음악

북극을 감싸는 오로라의 젖은 메아리처럼
허공에 매달려
시간이 무뎌질 때까지
거미는 스스로를 배웅하는 것이다

2
비행운을 그리며 날아가는 어린 영혼들

어느 물속에서 잠들까

태어나 처음 듣는 울음에 귀가 놀라듯
태어나 처음 보는 눈동자에 눈이 놀라듯

자신에게 숨을 수 없어
거미는 스스로를 허공에 염하는 것이다

3
물속 지느러미보다 느린 저녁이 오고

늦출 수 없는 질문처럼
말할 수 없는 대답처럼

스스로 듣는 거미의 잠

잠 속이 밝아 뜬 눈으로 밤새 눈알을 태우는

몸속 까마득한 열기, 식힐 수 없다
촉수를 뒤덮는 시간, 늦출 수 없다

어떤 부력이 저녁을 떠오르게 할까
허공의 기억만으로 흐려지는
여기는 누구의 행성인지
누구의 무덤 속인지
대답할 수 없기에
체위를 바꾼 기억이 없기에

몸속에 고이는 게 잘못 흘린 양수 같아
매일 젖은 몸을 말리며
매일 젖은 눈을 더듬으며
허공을 깁는 것이다

거미줄에 매달려 식어버린
지구의 저녁, 거미의 울음 같아 만질수록 쓸쓸하다

유령 연주가

자정이 지나고 숲이 흐느꼈다

노래하는
검은 잎과
죽은 새의 깃털
꼬리 잘린 도마뱀과
아카시아 새하얀 입술을 위해

내일이 영영 오지 않으니
밤은 눈이 멀고
눈먼 밤을 끌어안고 영생을 노래해야지

숲을 깨우는 바람의 손짓
펄럭이는
무덤을 열고
검은 밤의 옷을 입고 묘지를 걸어야 해

피어나는 밤의 푸른 안개

묘비에 내리는 달빛 얼룩
누구의 마지막 호흡인지
누구의 기침 소리인지

알 수 없지만

누가 먼저 울어야 하나
누가 먼저 떠나야 하나
자신의 무덤에 누워
자신의 눈알이 짓무르는 소리

듣는다

남은 자는 누구일까
누가 알아볼까

귀뚜라미는 귀를 잃고 날개를 부빈다

흩날리는 밤의 음표들

보이지 않아도 볼 수 있는
들리지 않아도 들을 수 있는

누구도 두 번 죽을 수 없지
누구도 두 번 울어야 하지만

산자처럼 두근대는 심장으로 밤은 샐수록 틀리지만

그러므로

우리는 동일해진다
판자처럼 마분지처럼 식판처럼

난간의 자세로
물컵의 자세로
다음 표정을 기다리지

양파링으로 반지를 만들게

청혼해 줄래

사과의 속살을 깎으며 손목을 마저 깎아야지

습관이란 그런 거야
태생이란 그런 거지

오늘을 살 것 같지 않아
내일은 눈이 나빠지고

순종해야 해
착해져야지
노래는 이제 시작이니까

끝이 있다면
끝을 안다면
시작도 안 할 테지만
도착도 모를 테지만

저녁이 오고 커튼은 검어지는데
긴 머리카락 끌며 밤은 오는데

얘들아 걱정 마
노래는 반복되니까
난간의 자세로
물컵의 표정으로
시작도 모르게
도착도 모르게
이제 너의 새엄마가 되어 줄게

일요일의 우주선

달과 지구는 가까웠고 일 년 전에 보낸 편지가 오늘 도착했다 저녁엔 죽을 먹었고 죽은 저을수록 분화구가 생겼다 그곳에 손목을 감추었다

얼굴이 떨어졌다 여름 바람 때문이라 생각했지만 밤은 어둡고 성냥불로 얼굴을 비추며 밤의 색깔을 이해하려 했다 화약 냄새가 눈동자를 다녀가자 혼자란 걸 알았다

자면서도 기도를 했다 내일의 일용할 양식과 내일이 영영 오지 않기를

마지막 남은 성냥은 언제 켤까

늦은 밤이면 비가 왔다 밤부터 밤까지 이어지는 빗소리, 빗소리 가까이하려 성냥을 그었지만 창문은 젖어있었고 일요일이 오려 했다

목요일 다음에 무슨 요일이 오면 좋을까 일 년 전부터 오고

있는 편지, 비바람에 얼굴이 흔들려 못을 몇 개 쳐주다 젖은
우표는 왜 울상일까

어쩌다 우리는 여기일까 여기뿐일까 수신인을 몰라 되돌
아오는 편지 일요일은 오려 하고 천둥이 쳤다 눈동자에 피
뢰침을 꽂고 옥상에 올라 번개가 도착하길 어서 기다렸다

숨은 그림

자른다
오리고 자르고 붙인다

반짝이는 햇빛

아이만 자를 수 있지
아이만 붙일 수 있지

햇빛을 자를수록
가위질은 커지는데
그늘은 길어지는데
작아지는 건 아이일까
아이가 물고 있는 고요일까

잘린 햇빛이
허공에 아이를 모은다

부피도 없이

무게도 없이

창문에 머무는 흰 고요

아이는 멀어진다
햇빛 너머에 누가 기다리는지
커튼은 왜 푸른색인지
가위는 왜 계속되는지

햇빛이 멍들 때까지
햇빛을 자르는 아이

혼자라서
주머니에서 혼자 우는 벌레 같아서
오리고 자를수록
울음은 늘어나 비명은 깊어지는데

누구도 도울 수 없다

햇빛을 자르는 아이
햇빛을 손목에 올려놓는다

자를 게 더 없다는 듯
붙일 게 더 없다는 듯

미동도 없이
표정도 없이
고요 속으로
잘린 손목이 걸어간다

누구도 찾을 수 없다

새들은 오른손일까 왼손일까

무얼 해도 죽는구나
밤새 유리창을 닦으면 아침은 깨져 있다

겨울이 앙상하구나
화투패를 뜨며 아버지는 말씀하셨지

"얘야, 꼭 필요한 사람이 되어라"

학교에 가면 일요일
철봉대 거꾸로 매달려 삐뚤어진 운동장을 본다
더 멀리 걸어야 하는데
집은 시끄럽고
설거지를 마저 해야 하는데
플라스틱 접시는 깨지지 않았다

혼자 묻고 답하는 습관은 이때 생겼지

그림자에게 꽃을 그려주다 바라본 하늘

구름이 바뀔 때마다
표정은 왜 달아날까
표정은 누구를 닮아 불행만 부를까
어쩌다 거꾸로 매달리게 된 걸까

겨드랑이에서 새가 태어날 수도 있구나
눈빛으로도 사람이 죽을 수도 있구나

아버지는 겨울이 다 빌 때까지
화투패를 놓지 않았다
누구에게 광을 판지도 모른 채
어느 새를 모아야 하는지도 모른 채

"얘야, 꼭 필요한 사람이 되어라"

손목이 잘리는 꿈을 꾸면 기분이 좋았다
새로운 손목이 생길 듯해 하루 종일 손목을 그었다

언제 손목을 잘라야 할까
어떤 손목을 가져야 안심할까
그날 밤 이상한 손목이 찾아와 목을 졸랐다

"얘야, 꼭 필요한 사람이 되어라"

매일 고쳐 쓰는 유서처럼 설거지는 늘어나고

무얼 해도 죽는구나
창가에 오래된 그늘이 번지고
계단에서 새로 사귄 새들에게 손목을 던져준다
오른손일까, 왼손일까

종이컵
— take out

두 시는 너와 통화한다
종이컵으로 안부를 묻듯
커피 향을 따라 표정을 짐작하듯
떨림만으로 노래가 된다

귀가 멀어도
들리는 노래가 있다면
입술이 없어도 말할 수 있는데
너를 들을 수 있는데

너와 나는 어떻게 구분할까

잘 들려
이제 말해도 돼

너는 보기만 한다
너를 듣고 싶은데

소리가 크면 들을 수 없대

누가 그래
그렇대

작은 목소리는 더 작아진다
차례차례 말하면 가까워질 텐데

너는 순서를 잊는다

어디쯤이야
　만나면 어색할 거 같은데
　　부끄러움도 많은데
　　　실망하는 얼굴도 있다는데

만나지 말까
　얼굴은 지우고
　　목소리만 남게

동시에 말할까
  같은 떨림이 되게

두 시가 지나간다
종이컵은 버리지 말자
오늘 목소리가
내일은 노래를 가져야 하기에

역할극

엄마가 되어야 했다 모래로 밥을 짓고 태양으로 목걸이를 만들고 아이를 키워야 하는데 아이는 어려워 낳을 수 없었다 아이가 되어야 했다 아이는 자주 울었다 우는 아이 옆에서 혼자 울다가 혼자 달래야 했다 동생이 있었으면 해서 동생이 되었다 동생은 착하다 착한 동생을 오래 하니 저절로 착해졌다 착한 건 빨리 싫증이 났다 나빠지고 싶었다 아빠가 생각났다 아빠는 되기 싫다 아빠는 일찍 돌아가는 사람 다시 엄마가 되어야 했다 밤이 오고 다시 태양이 뜨고 다시 아이가 되었다 오래 울어야 했다

미미 구구단

미미는 세 살 오빠는 여섯 살 미미는 오빠를 사랑하고 오빠는 고양이를 사랑하고 엄마는 미미를 사랑하지

구구단을 모르면서 오빠는 어린이집을 다니고 어린이집에서는 구구단을 가르치지 않지

어린이집에는 고양이가 살고 고양이는 생선을 사랑하고 오빠는 생선을 사랑하는 고양이를 사랑하지

생선은 구구단을 모르면서 프라이팬의 뜨거운 부위만큼 고양이를 그리워하지 이것을 사랑이라 할 수 없지만 구구단의 잘못은 아니지

엄마는 미미를 사랑하고 미미는 구구단을 모르는 오빠를 사랑하고 미미와 오빠와 고양이와 생선은 구구단을 몰라 구구단은 어려워지지

누가 외워도 구구단은 틀리지만 오빠는 생선을 사랑하고

생선은 고양이를 먹지 않아 고양이는 심심해지지 구구단처
럼

　구구단은 구구단을 만나려 계단을 올라가지만 계단은 오
를수록 미끄럽고 다음 계단에서 죽은 고양이가 다음 구구단
을 외우지

　엄마와 미미와 오빠와 고양이와 생선은 구구단을 모두 외
울 수 없지만 구구단을 사랑하는 모두의 밤은 찾아오지

라푼젤

널 대신해 줄게
긴 머리카락과 흰 눈자위와 어깨의 까만 점을 지나
이걸로 너를 설명할 수 없지만

옥탑이 있고 창문은 하나
가끔 햇빛이 들고
너는 뜨개질을 하며 머리카락을 말린다
긴 머리카락은 햇빛도 피곤해
밤은 찾아온다
입구도 없이 계단도 없이
스스로 가둔 긴 악몽
옥탑은 잠들 수 없는데

머리카락은 왜 밤에만 자랄까
자란다고 다 키울 수 없는데
기른다고 다 자라지는 않는데
기를 게 머리카락밖에 없는 걸까

머리카락은 언제 멈출까

이웃 나라에 매일 매일 웃다가 죽은 왕이 있었는데

이 이야기는 희극인가
희극이어야 하나

질문이 이른 건지
대답을 놓친 건지

감기지 않는
뜬눈으로 달빛으로
너의 모두를 설명할 순 없어도
죽은 머리를 감겨주듯
이제 내가 널 대신해 줄게

혼몽

누구를 기다려야 할까
어떤 결핍이 부르는 걸까
몇 번의 체위로 미라를 돌려 눕히듯
감아놓은 잠들이 풀리지 않아
뜬 눈으로 맥박을 헤아리면
어느 몽유를 걸을 수 있을까
잠에게 흰 발을 그려주면
두근대는 심장에 닿을 수 있을까
온종일 취한 메아리가
익숙해진 이명이듯
잠은 스스로 묻는 실종의 기록인지
같은 체위가 오래될수록
잠은 짙은 마비를 부르는데
이대로 잠들어야 한다면
이대로 식어가야 한다면
산 채로 말린 시체
잠 속에 영원을 숨긴

달과 6펜스 앤드 고양이

밤이 담장을 넘어온다
꼬리는 구부러지고 밤은 뾰족해지지

형광펜으로 얼굴을 그린다
유령이 찾을 수 있게
달빛이 말랑거리게

달 위를 걷는 고양이
혼잣말하는 고양이

계수나무와 계피나무를 구분 못해
울음이 울음을 모으듯

바람을 부르는 밀밭
밀밭을 떠도는 바람

여기 주인은 누구입니까
여기 주인은 아직 손님입니까

소리 없는
얼굴만 남은

접시에 뜬

달빛

몸은 추워진다

어떤 순간이 독백일까
닿을수록 차가운
여긴 누군가의 멸망하는 입술인데

거울의 자매들

이렇게 그릴 데가 많았나
이렇게 고칠 데가 많았나

어쩌다 마귀할멈이라도 뛰쳐나올 것 같은데

거울아 거울아
들여다볼수록 얼굴은 딱딱해진다

어디까지 참아야 하나?
어디부터 만져야 하나?

시간을 놓친 얼굴은 먼 얼굴 같아
길 잃은 낙타 같아
누구도 도울 수 없는데
얼굴을 낳을수록 묵음이 되어가는 자매

더 그릴 데도
더 고칠 여백도 없어

번갈아가며
서로를 들여다보는데
자신의 얼굴을 수소문하는데

이렇게 참을성 없는 얼굴은 처음이야
이렇게 고치고 지우는 얼굴은 우리뿐일걸

들여다볼수록 위장술은 늘어난다

거울아 거울아
오늘은 어떤 얼굴을 낳아줄래
더 도울 얼굴이 없어 거울도 힘이 드는데
자매는 포기할 수 없다

호호호
입김 불며
속눈썹을 붙이는 자매

이게 최선일까

이렇게 정직한 얼굴은 우리뿐인가

매일매일 자매는 태어나고

매일매일 자매는 늘어나고

인형술사

거미줄에 계신 아버지
아버지의 거룩한 이름을 불러도

모른 체했다

알을 낳는 아버지
우리는 일요일마다 알을 하나씩 삼켰다
무슨 맛인지 몰라 혀는 갈라져
거짓말이 늘었지만
들어갈 곳도 숨 쉴 줄도 모르는
물에 갇힌 물고기 같아
우리는 아버지를 따라야 했다

물고기가 물을 모르듯 거미줄은 보이지 않았다

거미가 되어가는 걸까
거미가 되어야 하는 걸까

너희는 이미 거미란다
너희의 촉수로 너희가 허기를 느끼듯
너희의 피로 너희가 목을 축이듯
너희는 하늘과 가까워 몸은 가파르단다

무덤을 들고 허공에 매달려 살아야 하는지

해가 지면 거미줄을 타고 내려와
피가 고인 저수지에서 알을 씻어 먹었다

그해 겨울은 별이 좋았다
북쪽을 향하는 새 떼들의 붉은 눈알
거미는 먼 하늘로 계시고
어느 날 눈썹을 타고 내리는 흰 거미가 자주 보였다

π

누가 그렸을까
매일 가라앉는 태양
누가 보아도 둥근 오늘인데
누가 달려도 제자리일걸

시소에 그림자를 태우면
정오
나보다 그림자가 뚱뚱해
발이 닿지 않는데

눈동자를 다 잃어야 다음 태양이 보일까
태양을 다 읽어야 다음 그림자가 나타날까

어디가 처음인지 몰라
시작할 수 없어
어디가 끝인지 몰라
얼굴은 자꾸 빌려 써야 하는데

월요일은 비

골목은 좁았다 좁은 게 싫지 않았지만 골목 사이 내리는 비를 보며 우리는 맥주를 나눠 마셨다 취기가 떠올라 앞사람이 희미해질 때 거품은 창문을 빠져나와 유령처럼 불 꺼진 창문을 흘러 다녔다 거품이 쌓일수록 먼 데서 한 생이 우리를 내려 보는 것 같아 아무 말도 떠오르지 않았다 어떤 환유가 여기 있게 했을까 어떤 기시감이 여기 머무르게 했을까 여기는 미리 다녀간 무덤 속 같은데 지금 출발해도 늦은 발목 같은데, 이번 생은 혼자 듣는 우물 속 음악 같군 빗물이 차올라 아무 소리도 들을 수 없지만 유리컵에 떠오르는 거품을 가둘 수 없어 귀를 잃은 새처럼 퍼덕이며 자신의 목소리 들으려 빗소리, 빗소리, 창문을 두드린다 *여기 있어요* 처음부터 누구나 대답할 수 있다면 이번 생은 빗소리로 가득 찰 텐데, 잠든 사람의 눈동자에 비를 그려준다 월요일은 비가 오고 화요일이 이미 오려는데 골목을 지나 이층까지 거품은 차오르고 비가 오는 날 목소리는 왜 이리 느려지는지 이 생의 풍경이 흐려 여기도 섬이기에 창문은 체온을 잃는다

유령의 사랑, 거미의 사랑

오형엽(문학평론가·고려대 교수)

유령의 사랑, 거미의 사랑

김재근의 첫 시집 『무중력 화요일』은 '죽은 새'라는 영매를 통해 '잠'과 '꿈'의 세계로 이끌린 시적 화자가 전생과 이생과 후생을 넘나들면서 현실과 환상의 경험을 몽유의 발화 방식으로 표출한다. 몽유의 발화는 의식과 무의식의 경계를 가로질러 공간적 전위와 시간적 이동을 실현하면서 몽환적인 장면을 시의 전면에 펼쳐 놓는다. '죽은 새'가 이끄는 '잠'과 '꿈'의 세계는 '밤', '어둠', '그림자', '물속', '죽음', '벌레', '식물', '동물' 등과 친연성을 가지는데, 시적 화자는 이 무의식의 심연으로 침잠하기 위해 '눈동자'의 시선을 작동시킨다. 김재근 시에서 몽유의 발화 방식과 '눈동자'를 통해 묘사하는 몽환적인 장면은 공간의 혼종과 시간의 착란을 동반하면서 최종적으로 사랑하는 대상과의 만남이 차단될 수밖에 없다. 왜 그럴까? 김재근의 시를 근본적으로 추동하는 것은 주체의 대상에 대한 영원한 사랑이지만, 사랑의 주체나 사랑의 대상이 이미 죽은 사람이라는 전제가 숨어 있기 때문이다. 다시 말해 김재근 시의 몽유 미학을 근저에서 추동하는 것은 '유령의 사랑'이다.

김재근의 두 번째 시집 『같이 앉아도 될까요』에 수록된 시들은 첫 시집과 비교할 때 전체적으로 세 가지 양상을 보여준다. 첫째는 첫 시집의 몽유 미학을 추동하는 '유령의 사랑'과 유사한 궤도에서 전개되는 양상이고, 둘째는 '유령의 사랑'이 내포하는 원천적 한계를 극복하기 위해 다양한 변화를 모색하는 양상이며, 셋째는 둘째 방향의 연장선에서 다양한 변화를 수렴하고 결집하여 '거미의 사랑'으로 전개되는 양상이다. 먼저 첫 시집의 몽유 미학을 추동하는 '유령의 사랑'과 유사한 궤도에서 전개되는 양상을 살펴보기로 하자.

자정이 지나고 숲이 흐느꼈다

노래하는
검은 잎과
죽은 새의 깃털
꼬리 잘린 도마뱀과
아카시아 새하얀 입술을 위해

내일이 영영 오지 않으니
밤은 눈이 멀고
눈먼 밤을 끌어안고 영생을 노래해야지

숲을 깨우는 바람의 손짓
펄럭이는
무덤을 열고
검은 밤의 옷을 입고 묘지를 걸어야 해

피어나는 밤의 푸른 안개
묘비에 내리는 달빛 얼룩
누구의 마지막 호흡인지
누구의 기침 소리인지

알 수 없지만

누가 먼저 울어야 하나
누가 먼저 떠나야 하나
자신의 무덤에 누워
자신의 눈알이 짓무르는 소리

듣는다

남은 자는 누구일까
누가 알아볼까

귀뚜라미는 귀를 잃고 날개를 부빈다

흩날리는 밤의 음표들

보이지 않아도 볼 수 있는
들리지 않아도 들을 수 있는

누구도 두 번 죽을 수 없지
누구도 두 번 울어야 하지만

산자처럼 두근대는 심장으로 밤은 샐수록 틀리지만

　　　　　　　　　　　　　　　　　　　　　　　　　　—「유령 연주가」 전문

　이 시는 '죽은 새'가 이끄는 '잠'과 '꿈'의 세계가 '밤', '어둠', '죽음', '벌레', '식물', '동물' 등의 이미지를 둘러싸고 전개되면서 김재근의 첫 시집이 보여주었던 상징체계 및 의미구조와 유사한 양상을 보여준다. 이 시의 상징체계 및 의미구조를 배후에서 지배하는 중요한 요소는 제목에서 드러나는「유령 연주가」의 실체, 즉 연주하거나 노래하는 주체가 모호하고 불투명하게 혹은 복합적으로 제시된다는 점이다. 1연에서 "흐느끼는 주체는 "숲"이고, 2연에서 "노래하는" 주체는 "검은 잎과/ 죽은 새의 깃털/ 꼬리 잘린 도마뱀과/ 아카시아 새하얀 입술"

이다. 그런데 2연의 5행 "아카시아 새하얀 입술을 위해"라는 구절과 3연을 함께 읽으면 주체는 "영생을 노래해야지"라고 다짐하는 시적 화자이고 4연에서는 "숲을 깨우는 바람의 손짓"인 듯이 보인다. 따라서 이 시에서 연주하거나 노래하는 주체는 "숲"이기도 하고 "검은 잎과/ 죽은 새의 깃털/ 꼬리 잘린 도마뱀과/ 아카시아 새하얀 입술"이기도 하며 시적 화자이기도 하고 "바람의 손짓"이기도 하다. 이러한 주체의 불확실성이나 혼종성은 "내일이 영영 오지 않"는 미래의 부재와 "밤은 눈이 멀고/ 눈먼 밤을 끌어안"는 시선의 부재를 동반하면서 김재근 시의 몽유 미학을 견인하는 '유령의 사랑'이 가지는 기본 속성을 이룬다.

그런데 김재근 시의 몽유 미학을 견인하는 '유령의 사랑'이 가지는 속성은 주체의 불확실성이나 혼종성을 넘어 5~6연에서 "밤의 푸른 안개"와 "묘비에 내리는 달빛 얼룩"이 "누구의 마지막 호흡인지/ 누구의 기침 소리인지// 알 수 없"다는 불가지성의 차원으로 제시되기도 하고, 7연에서 "누가 먼저 울어야 하나"라는 불확정성의 차원으로 제시되기도 하며, 9연 "남은 자는 누구일까/ 누가 먼저 떠나야 하나"에 이르면 산 자와 죽은 자를 분별할 수 없는 비식별성의 차원으로 전개되기도 한다. 이처럼 김재근의 시는 사랑의 주체와 사랑의 대상 중에 어느 쪽이 "유령"인지 확인하기조차 어려운 모호성과 불투명성에 휩싸인 채 특유의 몽환적 아우라를 형성한다. 10~11연의 "귀를 잃고 날개를 부"비는 "귀뚜라미"와 "흩날리는 밤의 음표들"이 "보이지 않아도 볼 수 있는/ 들리지 않아도 들을 수 있는" 속성을 가지는 것도 이러한 몽환적 아우라와 연관된다. 무엇보다도 김재근 시의 몽유 미학을 견인하는 '유령의 사랑'이 가지는 속성은 13~14연의 "누구도 두 번 죽을 수 없지"와 "산 자처럼 두근대는 심장으로 밤은 샐수록 틀리지만"이라는 구절이 암시하듯 사랑의 주체나 사랑의 대상이 이미 죽은 자라는 사실로부터 기인한다. 3연에서 화자가 "내일이 영영 오지 않으니/ 밤은 눈이 멀고/ 눈먼 밤을 끌어안고 영생을 노래해야지"라고 말하는 것은 이미 죽은 자가 도저한 절망을 영생에 대한 염원과 함께 표출하는 역설적 절규라고 볼 수 있을 것이다. '유령의 사랑'이 가지는 이러한 운명은 이번 시집에서도 도처에 발견되는데, "이대로 밤이 검어진다면/ 이대로 몸이 식어간다면/ 기도할수록 흐려지는 목소리/ 죽은 나는 아무 말도 들려줄 수 없었다"(「서울, 9호선」)에서 가장 직접적으로 드러난다.

우회전해서 세워주세요 주머니에서 죽은 새가 울었다 잔돈은 가지세요

잿빛 물속에서는 누구의 목소리도 메아리를 가지지 못한다

대문은 닫혀 있고 쪽문은 열려 있었다 쪽문을 열자 검은 밤이 보였다 고요한 방들의 시간, 누가 몰래 다녀갔는지 알 수 없지만 알아도 소용없지만

방마다 수인번호가 새겨져 있었다 벨을 누르면 사슴이 달려올 거 같았다 왜 사슴이 생각날까 횡단보도를 건너다 죽은 빗속 얼룩 말의 마지막 냄새가 떠올랐다 사슴은 어디 갔을까

입안에서 사슴이 걸어 나왔다 다른 짐승은 생각나지 않았다 자신의 발자국을 헤아리며 검은 밤을 헤매는 사슴, 사슴을 찾는 목소리가 두 발을 끌며 방 안을 맴돌았다

메아리를 가지지 못한 목소리는 영원히 하늘로 오르지 못한다

그날 이후 냄새를 잃었다 가로수는 산발한 채 계절을 쓸어 갔고 나는 사슴을 생각하며 잠이 들었다 검은 밤이 영원히 열리고 있다
— 「심야 동물원」 부분

이 시도 '죽은 새'가 이끄는 '잠'과 '꿈'의 세계가 '밤', '어둠', '물 속', '죽음', '동물' 등의 이미지를 둘러싸고 전개되면서 김재근의 첫 시집이 보여주었던 상징체계 및 의미구조와 유사한 양상을 보여준다. 이 시의 상징체계 및 의미구조를 배후에서 지배하는 중요한 요소는 인용한 2연과 6연의 이탤릭체 문장에서 노출되듯 "물

속"이 "메아리를 가지지 못"하는 밀폐된 고립의 세계이고 "영원히 하늘로 오르지 못"하는 어둠과 절망의 세계라는 점에 있다. 인용하지 않은 전반부에서 시적 화자는 택시를 타고 동물원으로 가달라고 요구하는데 택시는 물속으로 가라앉는다. 인용한 1연 "주머니에서 죽은 새가 울었다"라는 문장 이후에 2연에서 제시되는 "잿빛 물속에서는 누구의 목소리도 메아리를 가지지 못한다"라는 격언식 문장의 어조에는 "물속" 세계를 지배하는 완강한 운명의 힘이 암시된다. 그것은 심연의 공간이 가지는 폐쇄적 고립의 속성인데, 3~5연에서 제시하는 것은 이 속성에 대한 구체적인 사례와 그 극복에 대한 모종의 가능성이라고 볼 수 있다.

3연의 "고요한 방들의 시간, 누가 몰래 다녀갔는지 알 수 없지만 알아도 소용없지만"과 4연의 "방마다 수인번호가 새겨져 있었다"라는 문장이 폐쇄적 고립의 운명에 대한 구체적인 사례라면, "벨을 누르면 사슴이 달려올 거 같았다"에 등장하는 "사슴"은 그 극복에 대한 모종의 가능성이라고 해석해 볼 수 있다. 시적 화자가 "사슴은 어디 갔을까"라고 질문하자 5연의 "입안에서 사슴이 걸어 나왔다", "자신의 발자국을 헤아리며 검은 밤을 헤매는 사슴", "사슴을 찾는 목소리가 두 발을 끌며 방 안을 맴돌았다" 등에서 보이듯 "사슴"이 나타나면서 폐쇄적 고립의 운명을 극복하는 가능성을 환기시킨다. 그러나 6연의 "메아리를 가지지 못한 목소리는 영원히 하늘로 오르지 못한다"라는 격언식 문장이 재등장하면서 "사슴"에 대한 연상은 극복 가능성에 대한 흔적만을 남기고 희미하게 사라져 버린다. 따라서 7연에서 화자는 결국 "그날 이후 냄새를 잃"고 "사슴을 생각하며 잠이 들었"고 "가로수는 산발한 채 계절을 쓸어 갔"으며 "검은 밤이 영원히 열리"는 상황으로 마무리된다.

지금까지 「유령 연주가」와 「심야 동물원」을 중심으로 김재근의 이번 시집에 수록된 작품들 중에서 첫 시집의 몽유 미학을 추동하는 '유령의 사랑'과 유사한 궤도에서 전개되는 양상을 살펴보았다. 이제 '유령의 사랑'이 내포하는 원천적 한계를 극복하기 위해 다양한 변화를 모색하는 양상을 살펴보기로 하자. 필자가 보기에 이번 시집이 모색하는 변화는 크게 두 방향으로 전개된다. 첫째는 '서로의 관계성'을 통해 '유령의 사랑'이 가지는 폐쇄적 고립의 운명에 대한 극복 가능성을 타진하는 방향이고, 둘째는 '발의 존재적 실천'을 통해 '유령의 사랑'이 가지는 폐쇄적 고립의 운명에 대한 극복 가능성을 타진하는 방향이다. 먼저 '서로의 관계성'을 통해 운명 극복의 가능성을 타진하는 방향에 대해 살펴보자.

서로의 막다름이 되어두자
서로의 바퀴를 굴리며
친절한 얼굴이 등 뒤에 있다고 믿으며
오늘은 뒤로 가는 풍경이 되어두자

낮달을 보면
어제의 목이 말라
햇빛을 우회하는 그늘 속으로
눈먼 나비가 몸을 숨기듯
방금 떠오르는 동사자의 흰 눈알로 내륙에 눈보라가 내린다

(…중략…)
*

눈보라는 가벼워
녹는 줄도 모르고 내렸다
몸에 꼭 끼는 옷을 입고
옷에 꼭 끼는 잠을 자다
꿈이 비좁아
잠 밖으로 발을 내밀면
죽은 나비가 목덜미에 앉아 피를 빨았다

*

물기 맺힌 생가
생가에 매달린 처마
처마에 목을 맨 몇 겹의 거미
낮을 우회하는 밤으로
밤을 기억하는 짓무른 무릎으로
서로의 서툰 혀를 찾아
젖은 눈동자로
서로의 살냄새를 떠올려야지

여긴 비좁은
서로의 무덤 속이니까

　　　　　　　　　　　　　　—「서로」부분

　이 시는 김재근의 몽유 미학과 '유령의 사랑'이 가지는 속성
에서 벗어나기 위해 '서로의 관계성'을 추구하는 시도를 잘 보
여준다. 이 시도는 1연에서 "서로의 막다름이 되어두자/ 서로
의 바퀴를 굴리며"라는 표현을 통해 선명하게 제시된다. 그런
데 왜 화자는 "서로의 막다름이 되어두"고 "친절한 얼굴이 등
뒤에 있다고 믿으며" "뒤로 가는 풍경이 되어두"자고 말하는
것일까? 이번 시집의 서두에 수록된 「장마의 방」에 나타나듯
"목소리"를 "시간의 먼 끝에 두고" 왔기 때문에 "잠 속을 떠도
는 몽유"의 사랑은 "말없이 서로의 몸을 찾아/ 말없이 서로의
젖은 목을 매는 일"이 될 수밖에 없다. 즉 '유령의 사랑'이 주체
의 불확실성이나 혼종성, 산 자와 죽은 자를 분별할 수 없는
비식별성, 누가 유령인지 확인하기조차 어려운 모호성과 불투
명성에 휩싸이는 원인은 '시간의 엇갈림' 및 '공간의 간극'에서
비롯되는 것이다. 따라서 인용한 시의 2연에서 "낮달을 보면/
어제의 목이 말"이 마르고 "햇빛을 우회하는 그늘 속으로" "방
금 떠오르는 동사자의 흰 눈알로 내륙에 눈보라가 내"리 듯
이 김재근 시의 몽유 미학은 원천적으로 시간 및 공간의 균열

이라는 운명에서 자유롭지 못하다. 이번 시집에서 '유령의 사랑'이 전제하는 시간 및 공간의 균열은 "눈을 뜬 건 오늘인데 알약은 어제를 녹인다", "죽은 눈이 다가와 산 눈을 감겨주었다"(「차가운 소묘」), "너무 늦게 남아 오지 않을 사람과/ 너무 빨리 도착해 되돌아가는 사람/ 동시에 기다릴 수 없어/ 새들은 9시를 날고 그림자는 3시에 걸린다"(「holiday」) 등에서도 나타난다.

　인용한 시에서 '시간의 엇갈림' 및 '공간의 간극'이라는 원천적 한계는 시적 화자가 "몸에 꼭 끼는 옷을 입고/ 옷에 꼭 끼는 잠을 자다/ 꿈이 비좁아/ 잠 밖으로 발을 내밀" 때 "죽은 나비가 목덜미에 앉아 피를" 빠는 상황으로 전개된다. 이미 죽은 나비가 화자의 피를 흡입하는 장면은 산 자와 죽은 자 간의 시간 및 공간의 균열에 의해 죽음을 자신의 몸에 삽입하는 형국을 보여준다. 그럼에도 불구하고 "서로의 막다름이 되어두"고 "서로의 바퀴를 굴리"려는 화자의 시도는 시의 후반부에서 "서로의 서툰 혀를 찾아/ 젖은 눈동자로/ 서로의 살냄새를 떠올려야지"라는 의지로 재연된다. 여기서 주목할 부분은 '서로의 관계성'을 추구하는 화자의 의지가 "처마에 목을 맨 몇 겹의 거미"의 형상을 통해 "낮을 우회하는 밤으로/ 밤을 기억하는 짓무른 무릎으로" 시도된다는 점이다. "몇 겹의 거미"가 가지는 주름을 통해 "낮"과 "밤"이라는 대립적 양극이 가지는 '시간의 엇갈림'을 "우회하"고 "기억"함으로써 "비좁은" "무덤 속"일지라도 '서로의 관계성'을 통해 운명적 한계를 극복하려는 시도를 감행하는 것이다. 필자는 이번 시집에서 특히 "거미"의 형상이 중요한 모티프라고 생각하는데, 왜냐하면 이번 시집에서 김재근이 '유령의 사랑'이 내포하는 원천적 한계를 극복하기 위해 시도하는 다양한 변화를 수렴하고 결집하는 지점에서 '거미의 사랑'을 모색하기 때문이다. "거미"의 형상 및 '거미의 사랑'에 대해서는 이후에 다시 논의하기로 하자.

너를 위한 식탁
창문은 비를 그렸고
빗소리가 징검다리를 건널 때까지
접시에 담길 때까지
그늘이 맑아질 때까지
고요가 주인인 걸 누구도 알아차리지 못했다

그런 너를 위한 식탁
촛불은 타오르고
촛불 위를 서성대는 그림자
너를 밝히는 시간
너를 기다리는 시간
시간을 함께 나누려면 얼마나 더 멀어져야 할까

너를 처음 읽는 것 같아
헤아릴수록 빗소리 늘어나는데

너는 오늘의 불안인가
식탁은 불멸인가
수프는 저을수록 흐려지고
빗소리에 눈동자가 잠길 때
아무도 초대하지 않았다는 걸 알았다

너를 위한 식탁
너를 본 적 없어
너라고 부를 수 없다
우리를 증명하는 우리의 봉인된 불행
미래에서 미래로 다시 오늘의 불안으로

너를 지울 수 없어
너를 잊을 수 없다
너를 인정해야 할까

불행이 너라면
우리가 불행이라면
같이 앉아도 될까요
여기밖에 없어서요

— 「같이 앉아도 될까요」 부분

이 시에서 '서로의 관계성'을 통해 시간 및 공간의 균열을 극복하려는 시도는 "불행이 너"이고 "우리가 불행이라"고 할지라도 "같이 앉아도 될까요/ 여기밖에 없어서요"라고 말하는 모습으로 나타난다. 인용한 1연에서 시적 화자는 "너를 위한 식탁"을 마련하지만 "고요가 주인인 걸 누구도 알아차리지 못"한다. 2연에서 화자가 그 "식탁"의 "촛불 위를 서성대는 그림자"를 바라보며 "너를 밝히는 시간/ 너를 기다리는 시간"이라고 말하는 것은 "그림자"에 주체와 대상 간의 시간적 균열이 내재한다는 점을 알려준다. "시간을 함께 나누려면 얼마나 더 멀어져야 할까"라는 화자의 역설적인 발화는 '유령의 사랑'이 산 자와 죽은 자를 갈라놓는 '시간의 엇갈림'을 운명적으로 전제한다는 점을 재확인시킨다. 그리고 4연의 "빗소리에 눈동자가 잠길 때" "아무도 초대하지 않았다는 걸 알았다"고 말하는 부분에서 '유령의 사랑'이 내포하는 시간 및 공간의 균열이 선명하게 드러난다.

시적 화자는 5~6연에서 "너를 위한 식탁"이지만 "너를 본 적 없"고 "너라고 부를 수 없"는 실상을 "우리를 증명하는 우리의 봉인된 불행"이라고 말한다. 그리고 "미래에서 미래로 다시 오늘의 불안으로"에서 보이듯 미래를 현재로 끌어당기려는 시도를 감행한다. 이 간절한 노력은 "너를 지울 수 없어/ 너를 잊을 수 없다/ 너를 인정해야 할까"라는 이율배반적 정서를 통

과하지만 "불행이 너라면/ 우리가 불행"이라고 할지라도 "같이 앉아도 될까요"라고 절실한 소망을 말하게 된다. "여기밖에 없어서요"라는 마지막 화자의 말은 이 시에서 화자의 대상에 대한 관계성 추구가 「서로」에서 "서로의 막다름이 되어두자", "서로의 바퀴를 굴리며/ 친절한 얼굴이 등 뒤에 있다고 믿으며/ 오늘은 뒤로 가는 풍경이 되어두자"라는 의지와 상통한다는 점을 알려준다.

다음으로 '발의 존재적 실천'을 통해 운명 극복의 가능성을 타진하는 방향에 대해 살펴보자.

누나는 작은 발을 내보였어 그 발에서 모래가 흘러내렸지 언제 모래밭을 걸었는지 얼마나 오래 걸었는지 모르지만 모래알을 헤집는 하얀 발가락 사이 별 부스러기가 반짝였어

멀리 가지 마
돌아오기 힘들어
모래알 속에 별이 산다고
오래 찾지 마
찾는 것은 오지 않아

누나는 신발이 없었지 하얀 발이 누나의 전부인 듯

누나는 모래에 대해 이야기했어 내가 걸은 게 아니라 모래가

날 데려갔다고, 누나의 눈동자에 깊고 넓은 모래밭이 펼쳐져 있었
어 걸을수록 발이 푹푹 빠지는 잠 속에서 잠인지도 몰라

뜬 눈으로 잠드는

바람만 불어도 무너졌어
무너짐이 완성될까 봐
모래알이 달아날까 봐

누나는 모래알이 어제로 데려간다고 했어 누나가 말한 어제가
어제가 아니겠지만 어제를 되돌리려 얼마나 많은 모래알을 헤아
려야 하는지 헤아릴수록 모래알은 늘어나는데

어제가 모래알 속에 번져 있어
누나가 믿는 모래알 속에서 얼마나 오래 길을 잃어야 하는지
모래알은 쌓을수록 몸은 점점 가라앉는데 하얀 발은 어제로 가는
거라고, 가야 하는 거라고,

그때

모래는 스스로 움직인다고
말하지 않았어
말해야 하는데

— 「몽(夢)」 전문

이 시는 제목에서 나타나듯 「몽(夢)」이라는 '꿈속' 상황에서 "누나"의 "발" 이미지를 둘러싸고 "모래"와 "별" 이미지가 길항하면서 시상이 전개된다. 이 시에서 주목할 부분은 "누나"의 "발" 이미지가 김재근 시의 몽유 미학을 견인하는 '유령의 사랑'이 가지는 시간 및 공간의 균열을 극복할 수 있는가 하는 점이다. 1연에서 "누나"의 "발" 이미지는 산만하게 흩어지는 "모래"와 한 지점으로 집중되는 "별"이라는 대비적 이미지를 동반하므로 길항하지만, "별 부스러기"라는 표현은 산만한 흩어짐 쪽으로 무게중심이 놓이는 모습을 보여준다. 따라서 2연에서 "모래알 속에 별이 산다고"라는 표현을 중심으로 앞 행과 뒤 행에 "멀리 가지 마/ 돌아오기 힘들어"라는 표현과 "오래 찾지 마/ 찾는 것은 오지 않아"라는 표현을 배치하면서 화자와 "누나"의 만남이 지난하다는 의미 맥락을 형성한다.

시적 화자는 3연에서 "하얀 발이 누나의 전부인 듯"하다고 말하고 4~5연에서는 "누나의 눈동자"에 "깊고 넓은 미로 같은 모래밭이 펼쳐져 있"고 "발이 푹푹 빠지는 잠 속"에서 "바람만 불어도 무너"지는 모습을 제시한다. "모래밭"과 "발이 푹푹 빠지는 잠 속"의 이미지가 상호 침투하는 가운데 "누나의 전부인 듯"한 "하얀 발"은 "모래"의 압도적인 힘에 의해 좌우되는 수동적인 위상에 놓여있는 듯이 보인다. 그러나 7연의 "누나는 모래알이 어제로 데려간다고 했어"라는 문장 이후에

일종의 반전이 일어난다. "모래알"이 "누나"를 "어제로 데려간다"면 산만하게 흩어지는 속성을 넘어서 '시간의 엇갈림'을 극복할 수 있는 가능성을 가지게 된다. "누나가 말한 어제가 어제가 아니겠지만 어제를 되돌리려 얼마나 많은 모래알을 헤아려야 하는지 헤아릴수록 모래알은 늘어나는데"라는 문장은 이 가능성이 오랜 기다림과 인내를 통해 얻어지는 지난한 과제라는 점을 상기시킨다. 이번 시집에서 '시간의 엇갈림'을 극복하기 위한 시도는 "왔던 길을 다시 오르는 뱀장어처럼 취한 강을 거슬러/ 누가 길을 잃은 지도 모른 채 신발을 잊듯"(「헤라(HERA)」)에서처럼 과거를 지향할 뿐만 아니라, "내일과 미래를 구분할 수 있을 때까지/ 짐승이 될 때까지/ 믿을 건 미래뿐이니까"(「야음동」)에서처럼 미래를 지향하기도 한다.

그러나 8연에서 화자는 "어제가 모래알 속에 번져 있"다고 말함으로써 이 가능성에 강한 확신을 가지고 "누나가 믿는 모래알 속에서 얼마나 오래 길을 잃어야 하는지 모래알은 쌓을수록 몸은 점점 가라앉"지만 "하얀 발은 어제로 가는 거라고, 가야 하는 거"라는 결의를 보여준다. 여기서 화자와 "누나"의 만남 가능성이 "모래"를 통한 시간의 회귀에서 얻어지는데, "누나"의 "하얀 발"이 시간 회귀와 접속되어 있음을 주목할 수 있다. 화자는 그 연장선에서 "모래는 스스로 움직인다"라는 메시지를 마지막에 전달한다. "모래"가 "스스로 움직인다"는 말이 의미하는 것은 "누나는 모래알이 어제로 데려간다고 했어"라는 문장과 연동되면서 모래가 "누나"의 "발"을 과거로 인도함으로써 '유령의 사랑'이 가지는 시간 및 공간의 균열을 극복하는 가능성을 가짐을 의미한다.

풀벌레 잠속에서 여름은 시작되었다

바람을 놓친 풍향계의 느낌으로

떠오르는 잎사귀

계절은 느려진다
몸속에 흐르는 고요
고요가 다다를 때쯤
여름은 시간 너머로 몸을 데려갔다

고요를 입는 시간
고요를 점멸하는 시간

시간 너머를 걷기 위해 몸은 벗는다

고사목 사이 벗어놓은
숲을 떠도는 죽은 새들의 발들
여름이 짙어지면 누구도 숲을 빠져나올 수 없겠지

귓속이 뜨거워
한낮을 알게 되듯
미로 속으로 미아가 찾아들 듯
몸은 잊기로 한다

밤이 오래 머물면
그림자는 몰래 몸을 건너와 자신의 식은 발을 보여 주었다

낮이 밤을 부르는 착각
한낮의 태양이 그림자를 용서하듯
영원히 치유될 수 없는 환청처럼
죽은 새는 저녁을 날고
풀벌레의 잠속으로 여름은 발자국을 옮겨 놓았다

— 「여름의 발」 전문

이 시에는 「몽(夢)」에서 등장했던 "누나"의 "하얀 발" 이미지가 "여름"의 "식은 발" 이미지로 변주되어 나타난다. 이 시에서 주목할 부분은 "몸" 이미지가 "죽은 새들의 발들", "그림자"의 "식은 발", "여름"의 "식은 발" 등 일련의 "발" 이미지와 결부되면서 '유령의 사랑'이 가지는 시간 및 공간의 균열에서 벗어날 수 있는가 하는 점이다. 시적 화자는 1연에서 "여름"이 "풀벌레 잠 속에서" "시작되"는 모습을 관찰하고 4연에서 "몸

속에 흐르는 고요"를 통해 "여름"이 "시간 너머로 몸을 데려 갔다"고 말한다. 이 표현은 「몽(夢)」에서 "모래알"이 "누나"를 "어제로 데려간다"는 문장과 유사한 의미 맥락을 형성하지만, 5연의 "고요를 입는 시간/ 고요를 점멸하는 시간"이라는 표현 은 "몸"을 "시간 너머로" "데려"가기 위해서 "고요"가 중요한 동인(動因)으로 작용한다는 것을 암시한다. 「몽(夢)」에서 "모 래알"의 "발이 푹푹 빠지는"에서 "무너짐"이 과거로의 회귀를 가능케 한다면, 이 시에서는 "고요"가 시간 이동을 가능케 한 다는 점에서 상이한 양상을 보여준다.

한편 6연 "시간 너머를 걷기 위해 몸은 벗는다"라는 문장은 화자가 "시간 너머"로 이동하기 위해 "몸"을 "벗는" 능동적인 행위를 시도한다는 점에서 주목할 필요가 있다. "여름"이 "몸 속에 흐르는 고요"를 통해 "시간 너머로 몸을 데려"간다면, 화 자는 "시간 너머"로 이동하기 위해 "몸"을 "벗는" 행위를 한다. 7연의 "고사목 사이"에는 "숲을 떠도는 죽은 새들"이 "벗어놓 은" "발들"이 있고, 화자는 "여름이 짙어지면 누구도 숲을 빠져 나올 수 없"을 것이라고 짐작한다. 이럴 때 화자는 "미로 속으 로 미아가 찾아들 듯" "몸은 잊기로 한다"라고 말하는데, "벗 는" "몸"과 "잊"는 "몸"은 9~10연에 이르러 "몰래 몸을 건너와 자신의 식은 발을 보여 주"는 "그림자"와 "잠 속으로" "발자국 을 옮겨 놓"는 "여름"으로 귀결된다.

여기서 "그림자"의 "식은 발"과 "여름"의 "식은 발"은 "숲을 떠도는 죽은 새들의 발들"과 어떤 관계망을 형성하는 것일까? 표면적으로 "그림자"의 "식은 발"과 "여름"의 "식은 발"은 "숲을 떠도는 죽은 새들의 발들"과 접속하면서 김재근 시의 몽유 미학을 견인하는 '유령의 사랑'이 가지는 시간 및 공간의 균열에 사로잡히는 듯이 보인다. 그러나 "몸속에 흐르는 고요"를 통해 "여름"이 "시간 너머로 몸을 데려"가고 "고요를 입는 시간/ 고요를 점멸하는 시간"이 "몸"을 "시간 너머로" "데려"가는 점에 주목할 필요가 있다. 필자는 이를 근거로 "그림자"의 "식은 발"과 "여름"의 "식은 발"이 "숲을 떠도는 죽은 새들의 발들"과 분리되면서 시간 및 공간의 균열을 극복하는 가능성을 제시한다고 해석하고자 한다. 그리고 이러한 해석의 가능성을 「서로」를 분석하면서 언급한 "거미"의 형상과 결부시켜 논의하면서, 이번 시집에서 김재근이 '유령의 사랑'이 내포하는 원천적 한계를 극복하기 위해 다양한 변화를 모색하고 그 시도들을 수렴하고 결집하여 '거미의 사랑'을 전개한다고 언급한 부분을 해명해 보고자 한다. 이번 시집에서 "거미"의 형상을 중점적으로 묘사하는 작품인 「저녁의 부력」을 살펴보기로 하자.

1
물속 저녁이 어두워지면

거미는 지상으로 내려와
자신의 고독을 찾아 그물을 내린다
미로 속, 미아가 되어
지구의 차가운 물 속으로 눈동자를 풀어놓는 것이다

몸이라는 악기
출렁이는 몸속, 물의 음악

북극을 감싸는 오로라의 젖은 메아리처럼
허공에 매달려
시간이 무뎌질 때까지
거미는 스스로를 배웅하는 것이다

2
비행운을 그리며 날아가는 어린 영혼들

어느 물속에서 잠들까

태어나 처음 듣는 울음에 귀가 놀라듯
태어나 처음 보는 눈동자에 눈이 놀라듯

자신에게 숨을 수 없어
거미는 스스로를 허공에 염하는 것이다

3

물속 지느러미보다 느린 저녁이 오고

늦출 수 없는 질문처럼
말할 수 없는 대답처럼

스스로 듣는 거미의 잠

잠 속이 밝아 뜬 눈으로 밤새 눈알을 태우는

몸속 까마득한 열기, 식힐 수 없다
촉수를 뒤덮는 시간, 늦출 수 없다

어떤 부력이 저녁을 떠오르게 할까
허공의 기억만으로 흐려지는
여기는 누구의 행성인지
누구의 무덤 속인지
대답할 수 없기에
체위를 바꾼 기억이 없기에

몸속에 고이는 게 잘못 흘린 양수 같아
매일 젖은 몸을 말리며
매일 젖은 눈을 더듬으며
허공을 깁는 것이다

거미줄에 매달려 식어버린

지구의 저녁, 거미의 울음 같아 만질수록 쓸쓸하다

—「저녁의 부력」 전문

　이 시는 "거미"의 형상을 중심으로 '물속', '저녁', '어둠', '허공', '잠', '뜬 눈' 등의 이미지를 둘러싸고 전개되면서 '죽은 새'가 이끄는 '잠'과 '꿈'의 세계가 '밤', '어둠', '그림자', '물속', '죽음', '벌레', '식물', '동물' 등과 친연성을 가지는 '유령의 사랑'과 공통점 및 차이점을 동시에 보여준다. 이 시의 시상 전개에서 중요한 비중을 차지하는 요소는 1장의 "지상으로 내려"온 "거미"가 "허공에 매달려/ 시간이 무뎌질 때까지" "스스로를 배웅하는" 모습에서 시작하여 2장에서 "물속에서 잠들"지 않고 "자신에게 숨을 수 없어" "스스로를 허공에 염하는" 모습, 3장에서 "늦출 수 없는 질문처럼/ 말할 수 없는 대답처럼/ 스스로 드는 거미의 잠"과 "잠 속이 밝아 뜬 눈으로 밤새 눈알을 태우"는 모습 등을 거쳐 궁극적으로 "매일 젖은 몸을 말리며/ 매일 젖은 눈을 더듬으며/ 허공을 깁는" 모습에까지 이르는 데서 찾을 수 있다.

　시적 화자는 1장에서 "물속 저녁"의 "어"둠 속에서 "지상으로 내려와" "그물을 내"리는 "거미"를 관찰한다. 화자가 이 모습을 "미로 속, 미아가 되어/ 지구의 차가운 물 속으로 눈동자를 풀어놓는 것"이라고 묘사하는 부분은 김재근의 첫 시집과 그 연장선에 놓인 둘째 시집의 몽유 미학이 보여주었던 '유령의 사랑'과 유사한 의미 맥락을 보여준다. 그런데 2~3연에서 화자는 "거미"를 자신의 "몸"을 "악기"로 삼아 "물의 음악"을 만들어 "허공에 매달려/ 시간이 무뎌질 때까지" "스스로를 배웅하는" 모습으로 묘사함으로써 '시간의 엇갈림'과 대항해서 끈질긴 싸움을 전개하고 있음을 표현한다. 이 부분은 김재근의 '유령의 사랑'이 보여주었던 몽환적 착란과 결별하고 "지상으로 내려와" 자기 몸을 원천적 운명에 대한 저항의 거점으로 삼는다는 점에서 김재근 시의 전개에서 중요한 질적 변화에 해당한다. 2장에서는 화자가 "비행운을 그리며 날아가는 어린 영혼들"이 "어느 물속에서 잠들까"라고 질문하면서 다시 "미로 속, 미아"의 모습을 재연하지만 "자신에게 숨을 수 없어" "스스로를 허공에 염하는" "거미"의 모습을 제시함으로써 자기 몸을 시간과의 투쟁의 토대로 삼는 전략을 채택한다.

그리고 화자는 3장에서 "느린 저녁"이 올 때 "늦출 수 없는 질문"과 "말할 수 없는 대답"을 "스스로 듣는 거미의 잠"을 제시하고 "잠 속이 밝아 뜬 눈으로 밤새 눈알을 태우는" 모습을 묘사함으로써 시적 주체의 능동적인 열정(passion)과 자기성찰적인 몸소 겪음(passion)을 강조한다. "몸속 까마득한 열기" "식힐 수 없"고 "촉수를 뒤덮는 시간"을 "늦출 수 없"는 이 ⃞력한 주체의 열정과 몸소 겪음에서 비롯된다. 시의 제목인 「저녁의 부력」과 "어떤 부력이 저녁을 떠오르게 할까"라는 문장은 이러한 주체의 능동적인 열정과 자기성찰적 몸소겪음이 "물속으로 눈동자를 풀어놓"거나 "어린 영혼들"이 "어느 물속에서 잠"드는 양상으로 전개되지 않고 "몸속"에 "물의 음악"을 만들고 "스스로를 허공에 염하"며 "늦출 수 없는 질문"과 "말할 수 없는 대답"을 "스스로 듣는 거미의 잠"을 형성함으로써 "허공에 매달"리는 장력을 만들어 내는 원동력이 된다는 점을 암시한다. 필자는 "거미"의 "잠"과 "허공"이 형성하는 "부력"을 이번 시집에서 김재근이 '서로의 관계성' 및 '발의 존재적 실천'을 통해 시도하는 운명 극복 가능성을 수렴하고 결집한 새로운 모색이라고 간주하고자 한다. 그리고 이러한 이유에서 김재근의 두 번째 시집 『같이 앉아도 될까요』을 해설하는 이 글의 제목을 '유령의 사랑, 거미의 사랑-김재근의 몽유 시학과 몸 시학'으로 정하기로 한다.